VENTE DU JEUDI 14 DÉCEMBRE 1911
HOTEL DROUOT, SALLE N° 11

EXPOSITION PUBLIQUE : Le Mercredi 13 Décembre, de 1 h. 1/2 à 6 h.

Vicomte de Sartiges

OBJETS D'ART

ET

D'AMEUBLEMENT

TABLEAUX ANCIENS & MODERNES

COMMISSAIRE-PRISEUR

Mᶜ F. LAIR-DUBREUIL

EXPERTS

MM. H. LEMAN, M. PAULME & B. LASQUIN Fils

PARIS

CATALOGUE

DES

OBJETS D'ART

ET D'AMEUBLEMENT

DES XVIᵉ, XVIIᵉ ET XVIIIᵉ SIÈCLES

TABLEAUX ANCIENS ET MODERNES

Porcelaines et Faïences

SCULPTURES ANCIENNES

BOIS, BRONZES, TERRES CUITES, MARBRES, ETC.

OBJETS VARIÉS

BRONZES D'AMEUBLEMENT

Meubles

ET DONT LA VENTE AUX ENCHÈRES PUBLIQUES AURA LIEU

HOTEL DROUOT, SALLE Nº 11

LE JEUDI 14 DÉCEMBRE 1911

à deux heures

COMMISSAIRE-PRISEUR

Mᵉ **F. LAIR-DUBREUIL**, 6, rue Favart

EXPERTS

M. HENRI LEMAN	**MM. PAULME & B. LASQUIN Fils**
37, rue Laffitte	10, rue Chauchat | 11, rue de la Grange-Batelière

EXPOSITION PUBLIQUE

Le Mercredi 13 Décembre 1911, de 1 h. 1|2 à 6 heures.

CONDITIONS DE LA VENTE

Elle sera faite au comptant.

Les adjudicataires paieront *dix pour cent* en sus des enchères.

L'exposition mettant le public à même de se rendre compte de l'état et de la nature des objets, aucune réclamation ne sera admise une fois l'adjudication prononcée.

Paris. — Imp. de l'Art, Ch. Berger, 41, rue de la Victoire

DÉSIGNATION

TABLEAUX ANCIENS

ET MODERNES

BOGOLUBOFF (A.)

1 — *Villa Nadia*, à Menton.

> Toile. Signée et datée : 87.
>
> Haut., 48 cent.; larg., 73 cent.

ÉCOLE FRANÇAISE

2 — *Portrait de Jeune Femme*.

> Bois. Haut., 165 millim.; larg., 12 cent.

ÉCOLE FRANÇAISE (XVIIe siècle)

3 — *Portrait de Anne Durelles*.

> En buste, vêtue d'un corsage rouge avec manches à crevés, garni de dentelle.
>
> Bois. Haut., 345 millim.; larg., 25 cent.
> Cadre en bois noir et écaille.

ÉCOLE HOLLANDAISE (xviie siècle)

4 — *Environs de Haarlem.* Paysage avec figures.

Toile. Haut., 66 cent.; larg., 85 cent.

Cadre ancien en bois sculpté et doré.

ÉCOLE ITALIENNE (Commencement du xviie siècle)

5 — *Portrait de Jeune Fille.*

Toile. Haut., 375 millim.; larg., 285 millim.

Cadre en bois sculpté et doré.

GUIRAND DE SCEVOLA

6 — *Jeanne d'Arc.*

Aquarelle. Signée.

Haut., 45 cent.; larg., 37 cent.

LA TOUCHE (Gaston)

7 — *La Cène.*

Toile. Signée.

Haut., 22 cent.; larg., 28 cent.

ROSALBA-CARRIERA (École de)

8 — *Causeries.*

Deux pendants représentant chacun deux personnages en buste, homme et femme.

Pastels. Haut., 43 cent.; larg., 34 cent.

SIMONS (P. Marcius)

9 — *La Création.*

Toile. Signée.

Haut., 72 cent.; larg , 1 m. 4 cent.

TENRÉ (Henri)

10 — *Grand Trianon, à Versailles.*

Toile. Signée.

Haut., 65 cent.; larg , 92 cent.

PORCELAINES ET FAIENCES

11 — Cuvette et pot à eau en ancienne porcelaine de
Paris, décorés de frises à fleurettes et rubans,
en couleurs, et sur la panse du pot d'un mé-
daillon en grisaille à sujet allégorique. *rest*

Haut., 25 cent.

12 — Vase-balustre avec couvercle en ancienne
porcelaine de Frankenthal, décoré en couleurs
sur la panse de deux médaillons à sujets mythologiques, d'après Boucher, dans des enca-
drements rocailles. Bouton du couvercle formé
d'un fruit. *couvercle restauré*

Haut., 28 cent.

13 — Paire de petits vases en porcelaine de Saxe-
Marcolini, simulant chacun un arbuste fleuri. *Fleurs verre*

14 — Deux petites statuettes en porcelaine décorée :
Jeune garçon et jeune fille.

15 — Paire de petits flambeaux, formés chacun
d'une statuette d'amour costumé, en ancienne
porcelaine de Saxe, sur terrasse à rocailles,
avec branchages porte-lumière, en bronze ciselé
et doré, garni de fleurettes en porcelaine. Époque
Louis XV.

Haut., 17 cent.

16 — Petit groupe de deux enfants assis en ancienne porcelaine tendre émaillée blanc de Mennecy. Marque en creux.

Haut., 13 cent.

17 — Paire de vases en ancien céladon fleuri gravé sous couverte, de forme évasée. Montures en bronze ciselé et doré, tores et anneaux de lauriers enrubannés. Bases à piédouches ornementées.

Haut., 32 cent.

18 — Deux coqs en ancien céladon de Chine, émaillés en couleurs.

Haut., 29 cent.

19 — Vase ovoïde en ancienne faïence italienne, à décor de zones superposées, de trophées, de sphinx, de cariatides et d'attributs en grisaille sur fonds de diverses couleurs. Pied et couvercle refaits.

Haut., 42 cent.

20 — Vase ovoïde sur piédouche, à anses têtes de bouc, en faïence décorée.

BRONZES

21 — Flambeau à deux lumières, formé d'une figurine de sirène tenant deux dauphins. Base circulaire ornementée. *en partie XVIe c.*

Haut., 22 cent.

22 — Encrier rond en bronze patiné, sur trois pieds-griffes. Il est orné au pourtour de bas-reliefs à sujets tirés de l'histoire d'Hercule. Le couvercle est formé par une statuette d'Hercule enfant, étouffant les serpents. Travail italien.

23 — Mortier en bronze fondu à deux anses ; décor de saints personnages et d'inscriptions.

24 — Applique de porte en bronze : Tête d'animal sur rosace ajourée. Ancien travail espagnol.

25 — Aigle, attribut de saint Jean l'Évangéliste. Applique en très haut relief, en bronze ciselé et doré. Travail italien, XVIe siècle.

26 — Saint Sébastien debout et nu, attaché à l'arbre, et percé de flèches. Base carrée moulurée. Bronze patiné.

Haut., 37 cent.

27 — Vénus debout et nue, tenant la pomme de la main gauche. Une draperie posée sur l'épaule retombe derrière le corps et est maintenue par la main droite. XVIIe siècle.

Haut , 25 cent.

N° 32

N° 44

N° 28

28 — Amphitrite, nue et debout, le pied droit posé
sur une tortue. Une draperie, retenue sur la
hanche par une ceinture, retombe du côté
gauche. Travail italien, xvie siècle. Socle en bois
noir mouluré.

Haut., 23 cent.

29 — L'Écorché. Statuette en bronze patiné. xvi^e
siècle. Socle carré en marbre rouge.

Haut., 185 millim.

30 — Petite statuette en bronze patiné : Baigneuse
nue, accroupie, occupée à sa toilette. Italie,
xvie siècle. Socle mouluré en marbre vert antique.

Haut., 85 cent.

31 — Statuette de David nu, debout, tenant une
pierre dans sa main gauche qu'il appuie sur sa
hanche. Le bras droit est replié contre la poitrine. Travail italien, xvie siècle. Base ronde en
jaune de Sienne.

Haut. du bronze, 22 cent.

32 — Statuette en bronze ciselé et doré, représentant saint Sébastien nu et debout, le bras droit
levé. La jambe gauche repliée. Travail italien,
xvie siècle. Socle en bois noir.

Haut., 235 millim.

33 — Petit buste d'applique en bronze patiné : Jeune
homme imberbe, coiffé d'un chaperon. Travail
italien, xvie siècle. Socle en marbre rouge.

Haut., 12 cent.

34 — Petite statuette en bronze patiné: La Fortune, nue et debout sur la roue. Ancien travail italien. Socle en marbre griotte.

Haut., 14 cent.

35 — Petit buste de Pomone, la tête couverte de feuilles. Bronze patiné.

36 — Mortier en bronze patiné, orné de guirlandes, d'oiseaux et d'une frise d'amours portant des écussons armoriés et divers attributs. Italie, XVIe siècle.

Haut., 135 millim.

37 — Grand mortier en bronze fondu et ciselé, orné d'une frise de divinités mythologiques. Il est muni de deux anses ajourées et porte la date: *MDXV*. Ancien travail italien.

Haut., 35 cent.; diam., 41 cent.

38 — Bacchus nu et debout, appuyé contre un tronc d'arbre, portant un jeune enfant dans ses bras. Statuette en bronze patiné.

Haut., 63 cent.

39 — Berger, nu et debout, portant un chevreau sur ses épaules. Statuette en bronze patiné.

Haut., 69 cent.

40 — Diane, de *Houdon*. Bronze patiné.

Haut., 61 cent.

41 — Paire de centaures en bronze ciselé et doré, sur plinthes rectangulaires moulurées.

42 — Buste de fillette en bronze patiné, sur piédouche cannelé, en bronze doré.

Haut., 26 cent.

43 — Buste de femme en bronze gravé. Elle est vêtue d'un corsage ouvert en carré et coiffée d'un bonnet ornementé.

OBJETS VARIÉS

44 — Petite crosse d'abbesse en cuivre gravé et doré. La volute à enroulement se termine par une tête de dragon. Le nœud en forme de polyèdre est décoré de feuilles gravées. XIVe siècle.

Haut., 215 millim.

45 — Cor en argent, gravé et doré, orné d'une inscription en lettres gothiques.

46 — Bocal en argent repoussé, gravé et doré, figurant un bélier dressé, tenant un écusson armorié. Le couvercle en ivoire sculpté est formé par la tête de l'animal. Base ovale moulurée, ornée des signes du Zodiaque, de mascarons, reptiles, etc.

Haut., 45 cent.

47 — Hanap en cuivre gravé et doré, orné de deux petits médaillons émaillés sur fond bleu. Travail allemand. Fin du XVIe siècle.

48 — Bocal en argent doré, formé d'un lion héraldique dressé et soutenant une flèche ornée d'un écusson en cuivre champlevé et émaillé.

Haut., 31 cent.

49 — Lion assis en dinanderie.

50 — Porte-cierge en dinanderie, formé d'une
statuette de personnage à cheval sur un lion.

51 — Tête d'applique en haut relief en fer repoussé.

52 — Petit modèle de lustre à six lumières en fer
ciselé, ornementé de perles disposées en pen-
dentifs et de pièces d'enfilage en cristal de
roche. Support-potence en fer et cuivre ; base
en marbre portor.

53 — Dévidoir en bronze ciselé, à décor de feuillage
de laurier, sur plateau en bois de forme contournée. Époque Louis XV.

Long. du plateau : 39 cent.

54 — Deux bras porte-lumières en fer ciselé et par-
tiellement doré, de style Renaissance. Disposés
pour l'électricité.

55 — Miroir dans un cadre rectangulaire en bois
sculpté et doré, à fronton découpé, présentant
des cornes d'abondance et des épis. Style
Louis XVI.

Haut., 93 cent.; larg., 45 cent.

SCULPTURES

56 — Buste de jeune femme, la tête tournée légère-
ment vers son épaule gauche. Vêtue d'une draperie retenue par un ruban et laissant la poitrine et les épaules entièrement découvertes. La
chevelure très relevée est agrémentée d'une
branche de laurier enrubannée, et retombe en
boucles sur la nuque. Piédouche circulaire mouluré. Signé : *Tavau, 1777*. Terre cuite.

Haut. du buste : 59 cent.

57 — Groupe en terre cuite attribué à MARIN :
Bacchante étendue sur une peau de bête, jouant
avec trois enfants nus. Autour d'elle, divers attributs bacchiques : tambour de basque, aiguière,
pampres, grappes de raisin. Socle en bronze
ciselé à tores de lauriers.

Haut., 18 cent.; long., 26 cent.

58 — Ornement de fontaine en plomb peint, figurant un jeune triton soufflant dans une conque.
XVIIᵉ siècle.

Haut., 42 cent.

59 — Statuette de Vierge debout sur le croissant
lunaire, drapée et les mains jointes. Ivoire polychromé. Ancien travail espagnol. Socle en bois
mouluré.

Haut., 21 cent.

No **56**

Nº 57

60 — Statuette reliquaire : Saint Luc à mi-corps, les
bras croisés sur la poitrine. Bois sculpté, peint
et doré. Travail espagnol, xviie siècle.

Haut., 66 cent.

61 — Statuette d'Enfant Jésus debout, nu et bénis-
sant. Il tient de sa main gauche la couronne
d'épines et les clous. Terre cuite peinte. Travail
italien.

Haut., 63 cent.

62 — Vase en ivoire sculpté en haut relief : Baccha-
nale. Monture en bronze doré.

63 — Casse-noisettes en bois sculpté, figurant un
chevalier armé de toutes pièces sur un cheval
caparaçonné.

64 — Deux statuettes en bois sculpté : personnages
armés et cuirassés.

65 — Statuette en bois sculpté : Saint Michel terras-
sant le dragon.

66 — Buste de femme d'applique en marbre blanc,
sur piédouche mouluré, de même matière.

67 — Fragment de tête d'homme en marbre blanc.
Socle en marbre gris.

Haut., 38 cent.

68 — Petite statue d'ange céroféraire, debout et
drapé, en marbre blanc.

Haut., 1 m. 35 cent.

69 — Deux statuettes en carton moulé, doré et polychromé, figurant chacune un ange ailé debout et drapé, tenant un porte-cierge. Socles moulurés ornés d'une tête de chérubin. Italie, XVIIIe siècle.

Haut., 63 cent.

70 — Petite statue en marbre blanc, représentant David, vainqueur.

Haut., 1 m. 19 cent.

71 — Deux bustes d'Empereurs Romains en marbre blanc et draperies en marbre de couleurs. Piédouches circulaires en marbre brèche. Travail italien.

Haut., 56 cent.

72 — Deux bustes analogues.

Haut, 54 cent.

73 — Colonne-support en marbre, muni d'un chapiteau dorique et base avec ornements en bronze.

Haut., 1 m. 10 cent

BRONZES D'AMEUBLEMENT

74 — Paire de grands candélabres à six lumières,
en bronze patiné et doré, formés chacun d'une
statuette d'amour nu debout, portant une corne
d'abondance d'où s'échappe un bouquet de
fleurs porte-lumières. Bases circulaires en granit
munies de moulures ornementées et d'un socle
en bronze doré. Disposés pour l'électricité.

Haut., 1 m. 20 cent.

75 — Paire de grands candélabres à cinq lumières,
en bronze patiné et doré, formés chacun d'une
statuette de femme drapée à l'antique et tenant
des couronnes. Bases quadrangulaires en
marbre rouge avec appliques et moulures
ornementées en bronze doré. Disposés pour
l'électricité.

Haut., 1 m. 2 cent.

76 — Garniture de cheminée, comprenant une pendule et deux flambeaux en bronze patiné. La
pendule formée d'une statuette du Temps, et les
flambeaux des statuettes de Mercure et de la
Fortune.

77 — Paire de vases ovoïdes en porphyre rouge,
montés en bronze doré en forme d'aiguières.
Style Louis XV.

Haut., .35 cent.

78 — Paire de vases-balustres à godrons en spire.
Porphyre rouge. Bases et boutons des couver-
cles en bronze doré.

Haut., 26 cent.

79 — Paire de vases en marbre brèche, de forme
hémisphérique à anses carrées ajourées, cou-
vercles bombés et piédouches circulaires sur
bases en marbre noir.

Haut., 38 cent.

MEUBLES

80 — Commode minuscule, à trois tiroirs, en mar-
queterie de cuivre, d'étain et d'écaille. xviie
siècle.

81 — Commode minuscule, à trois tiroirs, bois de
placage à filets. Pieds tournés et dessus mouluré. xviiie siècle.

82 — Commode minuscule, à trois tiroirs, en bois
de placage. Pieds gaines et dessus mouluré.
xviiie siècle.

83 — Commode minuscule à trois tiroirs, de forme
contournée en bois gravé à filets. xviiie siècle.

84 — Petit cabinet à abattant en ébène et os gravé,
garni à l'intérieur de neuf tiroirs. Travail italien, xviie siècle.

85 — Modèle de toilette-coiffeuse, à pieds en X,
glace ovale mobile en acajou orné de bronzes.
Tablette en marbre blanc. xixe siècle.

86 — Petit modèle de chiffonnier à six tiroirs, en
acajou garni d'appliques en bronze doré. Dessus
de marbre Sainte-Anne. Commencement du xixe
siècle.

87 — Coffre en bois sculpté et gravé, à décor de ranceaux et de cavaliers. Le couvercle, mouluré, est décoré intérieurement d'un sujet de chasse à nombreux personnages. Ancien travail suisse. Table-support à pieds-balustres réunis par une tablette à ornements gravés.

88 — Console de forme mouvementée, à quatre pieds, dont deux faits de cariatides ailées, en bois sculpté et doré, à dessus de marbre brèche. Ancien travail italien.

Long., 1 m. 50 cent.

89 — Table à jeu en ébène incrusté d'ivoire et os gravés.

90 — Table analogue.